기획의 말

그리운 마음일 때 'I Miss You'라고 하는 것은 '내게서 당신이 빠져 있기(miss) 때문에 나는 충분한 존재가 될 수 없다'는 뜻이라는 게 소설가 쓰시마 유코의 아름다운 해석이다. 현재의 세계에는 틀림없이 결여가 있어서 우리는 언제나 무언가를 그리워한다. 한때 우리를 벅차게 했으나 이제는 읽을 수 없게 된 옛날의 시집을 되살리는 작업 또한 그 그리움의 일이다. 어떤 시집이 빠져 있는 한, 우리의 시는 충분해질 수 없다.

더 나아가 옛 시집을 복간하는 일은 한국 시문학사의 역동성이 드러나는 장을 여는 일이 될 수도 있다. 하나의 새로운 예술작품이 창조될 때 일어나는 일은 과거에 있었던 모든 예술작품에도 동시에 일어난다는 것이 시인 엘리엇의 오래된 말이다. 과거가 이룩해놓은 질서는 현재의 성취에 영향받아 다시 배치된다는 것이다. 우리는 현재의 빛에 의지해 어떤 과거를 선택할 것인가. 그렇게 시사(詩史)는 되돌아보며 전진한다.

이 일들을 문학동네는 이미 한 적이 있다. 1996년 11월 황동규, 마종기, 강은교의 청년기 시집들을 복간하며 '포에지 2000' 시리즈가 시작됐다. "생이 덧없고 힘겨울 때 이따금 가슴으로 암송했던 시들, 이미 절판되어 오래된 명성으로만 만날 수 있었던 시들, 동시대를 대표하는 시인들의 젊은 날의 아름다운 연가(戀歌)가 여기 되살아납니다." 당시로서는 드물고 귀했던 그 일을 우리는 이제 다시 시작해보려 한다.

기획의 말

그리운 마음일 때 'I Miss You'라고 하는 것은 '내게서 당신이 빠져 있기(miss) 때문에 나는 충분한 존재가 될 수 없다'는 뜻이라는 게 소설가 쓰시마 유코의 아름다운 해석이다. 현재의 세계에는 틀림없이 결여가 있어서 우리는 언제나 무언가를 그리워한다. 한때 우리를 벅차게 했으나 이제는 읽을 수 없게 된 옛날의 시집을 되살리는 작업 또한 그 그리움의 일이다. 어떤 시집이 빠져 있는 한, 우리의 시는 충분해질 수 없다.

더 나아가 옛 시집을 복간하는 일은 한국 시문학사의 역동성이 드러나는 장을 여는 일이 될 수도 있다. 하나의 새로운 예술작품이 창조될 때 일어나는 일은 과거에 있었던 모든 예술작품에도 동시에 일어난다는 것이 시인 엘리엇의 오래된 말이다. 과거가 이룩해놓은 질서는 현재의 성취에 영향받아 다시 배치된다는 것이다. 우리는 현재의 빛에 의지해 어떤 과거를 선택할 것인가. 그렇게 시사(詩史)는 되돌아보며 전진한다.

이 일들을 문학동네는 이미 한 적이 있다. 1996년 11월 황동규, 마종기, 강은교의 청년기 시집들을 복간하며 '포에지 2000' 시리즈가 시작됐다. "생이 덧없고 허기질 때 이따금 가슴으로 암송했던 시들, 이미 절판되어 오래된 명성으로만 만날 수 있었던 시들, 동시대를 대표하는 시인들의 젊은 날의 아름다운 연가(戀歌)가 여기 되살아납니다." 당시로서는 드물고 귀했던 그 일을 우리는 이제 다시 시작해보려 한다.

히브리인의 마을 앞에서

문학동네포에지 063

이사라 시집

히브리인의
마을
앞에서

시인의 말

20년 전 시를 쓰기 시작하여 7년 전 데뷔하였다. 시의 집을 짓는 일이 소중하다고 느끼는 만큼 그만큼 늦어졌다. 이제 1988년 사랑하는 세상에 인사시킨다.

살아온 길이 문법적으로는 일탈된 시법이었다. 살아갈 길도 그러하리라. 그러나 모른다.

알 수 없는 이 세상과 부딪치며 포옹하며 거부하며 그러는 동안 삶의 겹은 마음속의 서랍이 되어 나의 시로 태어날지도 모른다.

속 깊은 이 세상을 속 깊게 바라보며 받아들이는 어느 조그만 시인이 열심히 살아가는 흔적으로 나의 시집이 계속 태어날지도 모른다.

태어나자마자 나의 곁을 떠나는 시의 법이 어쩌면 나의 사는 법일지도 모른다.

1988년 8월
이사라

개정판 시인의 말

그때는 그때였고

지금 여기 살아남아
여전히 눈물나고
사랑하고 속삭인다
행복하다

쭈글쭈글한 행복이여
그래서 더 포근하다

2022년 12월
이사라

차례

2부 얼음 사탕

3부 황제이고 싶은

4부 생일

5부 겨울 손뼉

1부 물이 흐르는 나의 배

통화

전화를 걸 때마다
떠난다는 사람이 있어
못 받을 전화인 듯
지금 떠나야 한다는 사람이 있어

나눌 말 없는데
통화를 하면

수신과 발신 사이에서
흔들리는 섬

쌀

텅 빈 방에서 아무도 모르게 스스로 쌓아오르는 쌀처럼 아무도 모르게 쌓다 갔으면 좋겠다 살다 갔으면 좋겠다

하얗고 조그맣고 어여쁘고 풍만하고 쌀은 그러한데, 아, 쌀 속에 누워 한 가닥 슬픈 노래를 불러 쌀의 어깨를 일으키면 슬픈 듯이 일어나는 어깨를 짚고 한 번쯤 나들이하여 어여쁜 나비를 채집하고 싶다

석양에 떠나는 쌀의 새드 무비

퇴비

흔적의 지하에 쌓아놓은 죽은 흙과 죽은 벌레와 죽은 나무뿌리와 죽은 어제가 많을수록

아름다운 퇴비가 되어

지상의 나무를 살리고, 일용할 양식을 살리고, 오늘을 살리고, 그리고 허물어질 것 같은 나를 살릴 수 있을 것 같다

아름다운 퇴비 같은 사람은
저는 퇴비이지만
나를 튼튼하게 꽃피게 하여
나의 튼튼함으로
저도 꽃피는

어떤 파라독스

당신이 창 안에서 음악을 들으시는 동안
저는 창밖에서 바람에 겁난 어린 나무를 만지지요

당신이 박물관에서 비너스상(像)을 관람하시는 동안
저는 이웃집 여자와 그 건너 이웃집 여자 이야기를 하지요

당신이 글 쓰며 사유하시는 동안
저는 마당을 쓸며 강아지에게 소리치지요

당신이 별자리를 찾으시는 동안
저는 별 노래를 부르지요

당신이 세계관을 즐기시는 동안
저는 어머님의 속담을 듣지요

당신이 독백하시는 동안
저는 담장 수리공과 다투지요

당신이 한 세기의 전쟁사를 쓰시는 동안
저는 골방 이야기를 쓰지요

당신이 새 사실을 보도하시는 동안
저는 신부님께 사건을 고백하지요

당신이 공로상을 받으시는 동안
저는 길을 묻는 사람에게 길을 가르쳐주지요

당신은 이미 있는 것을 찾아내 가르치시는 존경받는 교육자
저는 날마다 부딪쳐오는 일들을 맞이해야 하는 한낱 불안한 주부

당신은 하나의 문장구조
저는 단지 동사

당신은 창 안에서 고향 생각하시는 동안
저는 창밖에서 집 지키기

물이 흐르는 나의 배

나는 배가 아파서 배인 줄만 알았어요
나의 배는 제법 탄탄했는데
조그만 석탑같이 탄탄했는데
웬일인지
자꾸 아픈
배를 가만히 쓰다듬었더니
뱃길 따라 흘러가는
가느다란 세균
세상의 균

나는 그만 아프고 싶었지만
세균이 아름다워서
다시 아프려고 해요

나의 사랑 아메바

아메바. 인간이 되고 싶었던 아메바. 다른 모든 아메바들을 물리치고 인간이 되어 참한 인간이 되어 살고 싶었던 이 세상에는 새의 조상 아메바, 물고기의 조상 아메바, 닭과 또다른 모든 동물의 조상인 아메바의 죽음이 판화처럼 어두운 이 세상에는

어느 사이 참한 단세포는 숨어버리고 무수한 세포들이, 꿈도 없던 세포들이 허무를 헤엄친다. 허무 속을 달려도 보고, 허무 속을 날아도 보고, 허무 속을 몽상도 해보고. 무수한 세포들이 무수하게 헤매는 낯선 거리

나의 사랑 아메바. 비스듬히 살수록 유명해지는 예술가의 집에까지 와서 기웃거려보는 수억 년 전에 태어난 나의 사랑 아메바. 그의 혹은 그녀의 사라진 땅. 잘못 진화된 인간의 꼬리를 붙잡고 석양처럼 흐느끼는 나의 사랑 아메바

시집

얼마 전부터 그대가 받아보는
시는
그대로 두면 지층 속
불길이지만
그 불길더러 올라오라고
손짓했더니
불길은 이제 나의 곁에 와서 앉았다

어느덧 불길은
내 마음속 물결로 흘러
불의 물결, 불결로 흘러
자꾸 그대의 집으로 가고 싶어하는 시집,
시집(詩集)이 된다

아아, 불타는 생을 잠재우는 나의 시집

인비친서

아무것도 들어 있지 않은
인비친서 앞에서

부끄러움에 잠기는 골키퍼

베니하나

베니하나에 들어서면
거리의 식당 베니하나에 들어서면
아카사카의 빨간 꽃이 아니라
쌍권총을 찬 서부의 사나이가 흔드는 칼춤 사이로
나의 식욕이 무서워하며 뒷걸음질치는 것이 보인다

훌륭한 접대부의
훌륭하게 내쫓는 연습이 끝나면
나의 식욕은 안심이 되어
그만 베니하나가
안심의 베니하나가 되어
아무런 맛도 모르는 채

안심의 고기를 먹는다
안심 부위가 가장 맛이 있다는

어떤 바다

천상의 주기에 익숙한 철새의 몸에 찰싹 붙어 스스로 목을 꺾는 바다. 바다 거품으로 흘리는 나의 사랑 철분. 빈혈이 물등성이 뒤로 숨었다가 천상의 무지개로 서는 나의 바다

이 한 도시의 바다

시청 앞에 서면
도시의 물은 썰물인데
나는 밀물처럼 모여드는 마른 죽음들을 본다
저녁 빛을 받아
마른 죽음들이 빛나는 옷을 입고 걸어다닌다
출렁이며 걸어다닌다

이 한 도시의 바다가
나에게 무슨 말을 걸어올까
궁금해하면서
집으로 가는 버스를 기다리면
덕수궁 속에서는
이제야 잠이 깨는 세종대왕의 기상 소리가 들려온다
휘황한 이 한 도시의 밤을
호위하려고 깨어나는
우리의 대왕. 한국의 왕

차디찬 성공

로마,
모든 길은 로마로 통하고
로마에서는 로마법에 따라야 한다는
그 성공이
얼마 후
네로의 불에 타서 숨졌다

성공하면
불에 타 숨질 수 있는
불안. 不安. 불의 안
흔들리지 않는 불안이란 불안이 아니다
성공한다는 건
흔들린다는 것

흔들리기 위해서
성공하려는 자의 차디찬 성공
차디찬 불의 끝에서
성공이
울고 있다

문

오늘도 나는 나에게만 특히
출입이 금지된 문을 열면서
그에게 빙긋 웃어주었다.
그가 지켜야 하는 것이
웃음인지, 나인지 잘 모르는
수위는
그의 구부정한 몸 위로 쏟아지는
승강기의 화려한 운동을
열심히 보고 있다

나는 운이 좋게도 들어올 수 있었다
날마다 운과 불운 사이를
헤매는 나의 시그널

열심히 살고 싶은 나의 시그널

끊어지는 전선

보내어도 보내어도 끊어지는 전선은
그대가 사랑하는 지난날에 대한 일편단심이기도 하고
저에 대한 두려운 일편단심이기도 하다면

끊어지는 전선이 사랑스러워요
끊어지는 전선의 화려한 환송과 환영의 침묵이 사랑스러워요
단심(斷心)과 단심(單心)의 우아한 이중주

1988년의 보고서

우리의 자유가 물속에서 헤엄을 칠 때
누군가 물을 빼어버렸다

손잡이도 없는 어둠 속 계단을 오르는
알리바이를 창조하는 한 사람, 작가

그날 밤 물과 나는 함께 있었다
나는 자유와 진실과 사실과 모두 함께 있었다

빨간 피를 흘리는 자유가
일거수일투족을 적고 있는 하얀 종이 위에서
유서처럼
긴급하고 사적인 유서처럼 감추는 말은
숨이 말라가는
이 시대에
제발
죽은 자유를 편히 쉬게 놓아두기
그 자유만은 살려두기

빛은 있어야 한다

돌 속에 동물 식물 나뭇잎 뼈들이
지문을 찍듯이
빛이 지문을 찍어놓은 세상
세상은 빛의 화광(化光)이라는데
우주의 빛이 그대로 박혀 있는
참한 세상이라는데
오오, 어디에서 숨쉬고 있는가
태초의 빛이여
희미한 태초여

유리와 공기와 철근과
나의 혈육을
존재케 하는
빛은 있어야 한다
오오, 예술과 군대와
임금님과 학자들을
존재케 하는
빛은 있어야 한다
빛이 있지 않을 수 없는
오늘
있어야 하는 빛

2부 얼음 사탕

마음속의 서랍 1

이너 하버의 호수 위에서 누는
너의 오줌이
아마 지금쯤은 태평양에 스며들어
조금 있으면
시간 차만큼이나 어리둥절하게
나의 잠 앞에 와
빙긋 웃겠지

그 호수를 청소해버리는
어느 인간이든
간단히 혼내주든지
아니면
휴가를 보내버리든지

마음에 동상 한 조각 박힌
서울 사랑이
잠든 시각에
깨어 있을 너의 오줌

마음속의 서랍 2

훅훅한 도시에 사는 그대
스콜을 피해 들어간 집 안에서
가슴에 내리는 스콜을 맞고 있을지도 모르는
그대는
어쩌다가 길고 긴 외출을 하게 되었는지
궁금해하는 사람들을
뿌리치고
소설책 몇 권 들고
운명을 피하러 그곳에 갔다
섬광처럼 스치는
엽서 같은 기쁨이 없는 것도 아니지만
나무상자 속에
꽁꽁 묶어두고
명함 한 장을 들고 스콜 속으로 갔다
원목처럼
튼튼히 자랄 그대의 조그만 서랍은
남겨두고
그대는 원목을 무역하러 갔다
그대 살아가는 일을
무역하러 갔다
꿈처럼 사는 일을
꿈꾸며 갔다

마음속의 서랍 3

한강 다리 위에서
마치
워털루 다리인 것처럼
슬픔에 잠겨보면

내 눈의 물에서
흐려지는 그대는
해였는지 달이었는지

한때는
콸콸 흘러가던
그대의 살, 그대의 물살이
지금은 어디쯤에서
동서로 달리는 슬픔의
말을 타는지

마음속의 서랍 4

그 여름. 열정의 축구장에서 날려 보낸 파리행 엽서.
춤추는 카타리나. 그 어두운 공간에서 흘려야 했던
그대의 땀. 속된 땀.
결코 속되지 않은 땀.
땀 사이로
누이가 뛰어내려 숨을 거둔
한줌 이 세상을 짚고
그대는
누이의 일생에 녹처럼 패어 있는
어지럼증을 파묻는다
열기와 한기 사이에서
어지러워하는
누이를
무료하게 바라보았던 시절이
두려워져서
그대는
오늘 운다
옥상을 올려보며 운다
늦어서 미안하다며 운다

마음속의 서랍 5

정말 어려운 일을
어렵지 않게 하려고
별빛도 숨었던가보지?
아니면
추운 살 때문에
서둘러 찾아간
까치집이었을까?

모르면 모르는 대로
두어둘 걸
입속으로 혼자만 말해볼걸
바람에 얹혀 떠나지는 말아볼걸
나의 거리를 떠나지는 말아볼걸

오늘의 뉴—스거리는
우울한 미국이었을까?
잠시 충돌한 차 사고였을까?

문화시대와
원시시대 사이에서
잠시
항로를 탈출한 새가 받는 선물
무거운 밤의 선물

산의 꿈

세상에서는
뒤의 산은 앞의 산의 뒤에 있는 거라지만
산은 아무 말도 안 하고
뒤이건 앞이건 수줍은데
앞이어야 한다, 뒤여야 한다 절망의
시이소를 타는 진통
그 긴 끝에서
마침내 소리없이 돌아눕는
우주의 척추

내리는 비

내리는 비를 보면서 자꾸 나는 내려갑니다. 밤에는 어둡게 내려갑니다. 물이 튀어오르는 땅과 만납니다. 패어버린 의지를 만납니다. 잿빛 감촉 속에서 가시에 목을 휘어잡혀 아무것도 삼킬 수 없는 길고 먼 여행이 시작됩니다

꿈마다 나는 봅니다

바다에서 만나는 하늘과 땅의 물로 만든 집. 그러면 잠깐 나는 내리는 비와 멀어지는 기억 속에 젖어듭니다

빙판 위의 천사

전보를 치고 싶습니다
살아갈수록 짧아지는 연필로
전보를 치면
우리의 빙판은
저 산 너머 풍경화로 남아 있겠지요

미끄러운 사이는 이미 떠나가겠지요

전보를 치면
우체국으로 달려가 전보를 치면
자꾸자꾸
나의 호흡처럼 빨라지는
빙판 위의 천사가
춤을 추다가
넘어지는
사랑해볼 만한 무릎

눈이 나리면 나는

눈이 나리면 나는 창밖의 사람들이 아무 말도 안 하고 지나간다고 생각이 든다. 쓸쓸한 입술이 움직여도, 하이얀 입김이 품어나와도 나는 그들이 아무 말도 안 하는 것이라고 생각이 든다. 하이얀 나무들 틈을 지나는 하이얀 바람도 아무 말 안 하는데 하이얗게 눈 속에 홀로 선 나의 원색의 슬픔. 눈물을 타고 흐르는 불씨. 눈이 나리면 나는 선천성 빈혈을 껴안고 맴도는 고아의 피 속에서 살아나는 꽃 하나를 본다. 눈 하나를 본다

고목

태어났다가 다시 눕는 그사이가 하루인 것
하루가 잠깐씩 쉬고 가면서
껍질을 벗어놓으면
그 껍질을 주워 만드는 오늘

오늘이 숨쉬며 한 많은 메아리를 만든다

메아리, 숨을 깊게 쉬는 메아리는
세상의 저 끝까지 돌다가
평화를 안고 돌아오고
그때서야 비로소
고목은
감추어둔 삶의 겹을 털어낸다

그러면
고목의 그늘 아래에서
함께 쉬고 있던
뿌리가
반짝, 눈물을 글썽이며
살아온 역사를 흘린다

그림 1

나는 귀를 아끼고
그대는 입을 아끼는데
만나면
우리가 마시는 커피 속에
둥근 달이 뜬다

나는 세종대왕을 좋아하고
그대는 양녕대군을 좋아하는데
만나면
우리가 두는 바둑 속의
흑백사진이 예술 같다

지하철을 타고
하루를 잘 보내고도
쓸쓸하여
넝쿨이 담벽에서 화사한 그대의
집에 다다를 즈음이면
그대 마당 한 귀퉁이에 내려앉을
황혼이
슬며시 웃어주는
우리 시대의 그림자 같은
그림

그림 2

우리들 하늘에 새가 나는데요
물이 묻어 있는 새가 홀로 나는데요
깃털 사이에 짠 물이 고여
오랫동안 자주 고여 썩는 깃털
하늘에서 썩어 날리는 깃털이 펄럭이네요
휘날리는 만국기 틈에서 홀로
물에 젖어 펄럭이는 우리나라 국기여, 잘 자요

그림 3

길의 저편
옅은 안개 너머로
이상한 성(成)이 보여요
가까이 보고 싶어
유리창을
젖히니
아아
도로에 널려
박제되어 있는

신데렐라의 가죽구두여
로렐라이의 신어(神魚)공주여
잠자는 백설공룡이여

별세

당신은
별을 세다가
어둠 속 총총한 별을 세다가
이 세상을 총총히 떠나는
별세의 관에 실려
비 오는 가슴팍을
길 위에 내려놓고

척척히 젖는 깃대에는
당신이
매어놓은 자랑 같은 후손들이
펄럭이고
시만을 위하여 시를 쓰던 당신만을
위하여 쓰는 오늘의 시가
펄럭이고
가장 높은 곳에서
당신의 별세가 펄럭인다

얼음 사탕

서울이 잠이 든 밤에 그대는 남극에서 홀로 얼음으로 빛난다
그 빛이 조금, 아주 조금 꿈속에 녹아 나의 꿈이 통증으로 빛나는 나의 밤
밤에 날아보는 새. 밤에 서보는 주춧돌. 밤에 누워보는 신부
신부의 밤은 화려하여 가끔은 슬픈 눈동자
서울이 잠이 든 밤에 홀로 눈동자가 슬픈 꿈
나의 꿈의 집에서 사랑이 가스처럼 새어나가
서울의 밤이 불탄다

히틀러의 인사

히틀러는 손을 들고 인사를 한다
히틀러의 손이 하늘에서 펄럭이면 깃발처럼
흔들리는 지붕
우리의 세상이
흔들리는 지붕 밑에서 추워하는데
오늘
죽어서도 인사를 하는 히틀러의 손이
사람들 사이를 떼어놓는다

헤어져서 좋은 사람들도 있고
헤어져서는 안 되는 사람들도 있는데

아무에게나 인사를 하는
히틀러의 인사
잘 가라는 인사

3부 황제이고 싶은

황제이고 싶은

받아보세요, 누구이건
황제이고 싶은 건 결국 소우주의
이슬을 먹고 설탕을 먹고
날마다 날마다 커져
가장 아프고 싶은 것이 아닌가요
이승의 팔뚝으로
굳게 울타리 치고 싶은 것이 아닌가요
자이브의 황제이거나
수술대 위의 검은 피로 남을
한 꿈의 황제이거나
서럽게 서럽게
흔들리는 깃발을 흔들고 싶은 것이 아닌가요
별이 가득 그려진 화려한 깃발은
땀 숨이 커다란 당신의 피부

황제이고 싶은
차라리 굶어지고 싶은
회오리 틈에서
홀로
완벽하게 뛰어가는 뒷모습을
보면
갑자기 눈이 부셔요
눈물이 나요

속악기(俗樂記)

부드러운 그물은 없다
딱딱한 친절, 미끼는 없다

그물과 친절로 나를 물에 띄우는 한 조선업자
하나님
방주 밖에 혼자 계신 하나님

두려움 속으로
첨벙 뛰어드는
오늘날의 젊은
금빛 목숨이
쓸 일 없이
부서지지 않도록
기록해주소서
정사(正史)로 기록해주소서

오늘 쓰는 일기

인간으로 태어난 나는
잃어버린 꿈들 틈으로
어두움 몇 조각을
어깨에 이고 종로를 걸어나왔는데요
무슨 연기였을까요. 향내였을까요. 숨내였을까요
바람쯤은 하늘로 돌려보내고 마네요
석양이 플라자의 분수에 서글피 피 흘리고
확실히 조금 전에 끝났을
애국가와 우리나라 국기가 흔들리는
한복판에 나는 서서
먼 곳의 소식이 안타까워서
뒤늦게 고개를 조금 숙였지요
서울특별시는 요즈음 특별히
설움을 세일한다는데요
진짜 설움은 아마도
해가 지고 나면
나를 방문할 것 같네요

강사

가장 마지막이란 막다른 골목집을 향해 달려오다 부딪치는
가속도의 충격이 남긴 쪽지
다시는 교양으로 국어 같은 것은 배우지도 않을 사람들에게
마지막 수업을 끝내며
유효기간이 끝나버린 한 장의 쿠폰이 되어
정(情)의 교환이 금지된 구역을
뜨거운 떠돌이 별로 돈다

주고받음이 덧없어
황야로 사라지는 스크린 속의 무명배우여!
무명이 그리워하는 국어강사여!

스카이웨이

곧 응답하지는 마세요
이렇게 굽어져 있는 스카이웨이는
하늘로 가기가 힘들어서가 아니라
그대에게 곧장 가지 말라는 슬프고도
따뜻한 신호이지요
스카이웨이는 그래서 빨리 달려야 해요
빠르면 빠를수록
점점 죽어야 하는 그대의 집으로 가는 길

독이 있는
장독이 있는
장독 속에 살아 있는 독이 있는
그대의 문 앞에서
서서히 부패되어 맛이 더해가는
부드러운 마음의 박테리아가
스카이웨이를 달려서 달려서 온
박테리아가
꺾어지는 허리를
그대의 방에 누일 때
그때에 응답해주세요

주차장에서는

인생을 주차시킨 하얀 차 속에 꿈 서넛이 앉아 쉬고 있다. 달려온 길은 추억보다 길었고, 더위 속에서도 서둘러 피어나지 않을 수 있었던 장미여

사는 일 너무 벅차서, 미안해요, 그대를 끼워줄 수가 없었어요

주차장에서는 여름인데도 추위를 느끼는
이상한 꽃이 피어난다

걱정

친구가 놀러와서
복숭아 씨알을 뱉고 가기를 두서너 차례
포도 씨알을 삼키고 가기를 두서너 차례
가만히 마루 끝에 앉아
마루 결을 만지다 가기를 두서너 차례
왜 그러느냐

오늘 준비해두는
우리들의 노후 친구
등뒤가
따숩고 싶은
걱정이
오늘 준비해두는
이상한 짓

스승이 가르쳐주신 행복

비가 오는 날
은퇴한 스승과
스승의 친구인 또 은퇴한 스승과
아직 은퇴 못한 스승과
은퇴하지 않은, 은퇴할 수 없는 사람들이
산책을 나간 고궁에서

빗줄기 사이로 보이는
소박한 남녀처럼
그러하지는 않았지만

최대다수의 최대행복이란
절대 없는 거라고
우산도 없이
모두들
혼자가 되어 혼자인 듯이
조그맣게 걸어보았다
이렇게 걸어보는 것이
이십 년 만의 개인적 행복이라고
누가 말하자
빗줄기가 다시 하늘로
귀가하였다

행복은 조그맣다고

조그맣게 안녕! 하였다

친구야

—죽은 승면이

그래요. 그렇더군요.
산봉우리가 하나씩 저의 몫을 다해 튀어올라 고고한 능선을 만들어
지금 창밖 북산은 아름다운 노동으로 보이는군요
실은 어디에도 없을 아름다운 노동이
그대의 혈관을 뚫고 터져나온 혈압의 멜로디로
퍼져 땅이 흔들리는군요
존재가 흔들릴 수 있는 축복을 드리지요
돌려받을 수 없는 축복을 드리지요
그대의 아름다운 휴식을 위하여

그리고 다시 만나요
수평선이 아름다운 날 다시 만나요. 잠시 안녕

1987년 1월 12일 월

나의 일기는

마음 바쁘고 수선한 날씨까지도 눈 불고. 미끄러운 길. 성급한 천지. 그 틈에서도 중앙청 앞 길가에 누워 있는 얌전하고 조그만 빙판에서 크게 엉덩방아 찧듯 넘어진 이상하고 바람 심한 날. 게다가 월요일의 여자의 달 하나. 우우—. 통목욕하고 바스락거리며 파스 붙이고 바르고, 약(근육 푸는 몇 개의 알약, 흰 눈송이 몇 개의 처방)까지 먹고 그러고도 내 삶의 짐처럼 무거운 원고. 시 한 편의 편두통과 논문. 아아, 가엾은 나의 팔. 우측 어깻죽지여 미안하다! 넘어지는 논문 위로 넘어지기까지 했으니! 새벽 두시가 넘었어도 할일 많아 잘 수 없는 순발력 좋은 차만 믿는 안달투성이며, 또한 낙관적인 이 사라. 하루의 뒤로 사라지는 괜찮은 사라—짐. 사라의 짐

마지막 대화

너를 어떻게 찾겠니? 길고 긴 남은 삶의 터널 끝에서,
아이야

걱정 마세요. 전화번호부에서 이름을 보고 찾겠어요,
어머니. 옛날 어머니

—그리울 엄마의 차가운 이름

겨울 사랑에게

슬픈 숲 사이로 새의 집이 보인다
슬프디슬픈 겨울 하늘 발꿈치쯤에
소리 없이 지어놓은 새의 집이 보인다
나의 굴뚝은 첨탑처럼 올라가
새의 집 발꿈치쯤에까지 올라가
나의 눈은 시리고
지금은 실핏줄이 되어버린 나의 사랑
바다 저켠 어느 대륙의 지하철이 되어 달리고 있을까?

웅크리고 숨쉬는 겨울 사람들 콧김에
날아가버린 고목나무의 흩어진 뼈들이여,
돌아오라
소식 없는 겨울
슬픈 숲 사이로 보이는 새의 집 망막에
부딪치는 저녁노을은 말이 없다
어른거리는 저녁 바람도 말이 없다
겨울 숲에 사는 얼어버린 사랑

교토 친구에게

그대의
새가 뒤뚱거리며 걷는다
한순간 날던 새
지금 비 내리는 창밖 숲가를
새가
우산을 쓰고 간다

그대의
새들은 모여서 갔다가는
흩어져서 오는 연습을 하는 듯
멀리서 그렇게 보인다
아마
눈이 나쁜 새에게
누군가 안경을 씌워주었는지
새가 안경을 쓴 것처럼
그렇게 보였던 것도
멀리서 보아서일까?

숲가에 사는 많은 그대의 것들이
종종
호수 속으로
이렇게 흔들거리며
내게로 다가
오곤 한다

화익(和益)이

한 바퀴 회전목마를 타고 목마의 말발굽에 키스해주고
아무것도 돌아보지 않고 내려서는 무대이면
얼마나 좋아

잠깐 동안의 우주 속에서 같이 사는 사람과 친숙하기 위해,
그 흔들림과 친숙하기 위해, 자전과 친숙하기 위해
그렇게 슬픈 오늘을 바쳐야 하는 일이 마치
공원의 문이 닫혀질 때까지만이라면
얼마나 좋아

착해보자, 착해보자는 그대의 노동이란
천국의 천사들이나 끝맺는 것일지도 몰라
그래도 슬픈 그대를 위해, 은하수로 빛날 그대를 위해
누구인가 그대 손에 남모르게 건네주는 나침판의 비밀이
즐거운 것인지도 몰라

고마운 약속

—아기 슬미에게

약속을 했다고 해서
꿈꿀 것 많은 이 소지구(小地球)를 찾아와 참 고맙다

무언지 모를 전생의 습기가 온몸에 빨갛게 솟아오른다 해도
이 세상이 주는 선물보다 이 세상에 주는 선물이 더 많다 해도
그래도 산다는 것이 아름다울 것이다
무릎도 깨질 테지. 햇빛이 그대로 숨어버리는 담벽을 만나 그 밑에서 배울지도 모르는 슬픔도 있을 테지
그래도 열과 바람 모두를 악수시킨 빨간 꽃들이 웃어 보일 때
그래도 산다는 것이 아름다울 것이다

약속을 지켜주어서 참 고맙다, 아가

데스티니. 그대여

우리는 그것을 운명이라 부른다. 데스티니. 그대여
우리는 그것을 모른다. 우리는 기쁘게도 모른다
우리는 그것도 모른다. 우리는 그대도 모른다
모르면서 마시는 회복의 기적 약
모르면서 달리는 대형의 바퀴를 믿는 병
우리는 부러지는 근육을, 뼈를, 피를
미워하며 사랑한다. 데스티니. 그대여

갑상선일지도 모르는

어딘가 아프다는 것이 꼭 나쁠 수야 있나. 특히 아름다운 목이 아프다는 건 누구에게나 쉽게 오지 않는 행운

목은 아름답다. 사슴의 목이어서가 아니라도 목은 아름다운 것이다. 하늘을 닿는 육체의 사닥다리.
그러니 그대의 목 어디에선가 반란하고 있을 호르몬을 용서하라. 그토록 아름다운 목이 있음을 알려주는 그대의 호르몬

자다가 일어나서 마시는 물이 그대의 눈물이 된다 해도
아픈 여자는 아름다운 것이니
한밤중에 깨어나는 목은 아름다운 것이니

4부 생일

생일

부르기만 하면 가서 꼭 안기는 서너살 적 몸짓이면 좋아요
기념사진 하나 찍지 않아도 좋아요

안녕? 하면 안녕? 하고 입 벌리는 서너살 적 말짓이면 좋아요
축사 한마디 남기지 않아도 좋아요

술잔이 부딪치는 음향이면 좋아요
샴페인 하나 터뜨리지 않아도 좋아요

기쁨은 그냥 기쁨
살아나는 기쁨
기쁨의 날은 기쁨이 살아나 있는 날

언제든 기억할 수 있는
그때의 고요한 물장구와
부드러운 거품
움직이는 물의 웃음이면 좋아요

황혼이 끝날 때에는

무심코
어두워오는 창 앞에 서면
나무와 가로등과 바람이
차츰차츰 걸어들어와
어디론가 흔적 없이 사라진다

집안에는 불이 켜지고
완전히 숨어버린 나의 풍경은
아마도
지구를 돌다돌다
지치면
다시 돌아오는 것일까?

누구에게 남겨둔 것일까?
창은 유산처럼 그의 것을 낳아두고
거울 뒤로 돌아가버린 것을
무심코
바라보는 이 낯익은 얼굴

반짝반짝 소리내며
다시 살고 싶어지는
황혼이 끝나는 때

비가 주는 말

오늘처럼 베일이 가리운 날에는 달을 찾을 수는 없지만 풍경은 울타리 틈새로 모여든 많은 것. 나의 나무. 너의 구름. 그대의 섬

빗줄기가 나뭇잎에 그의 상상의 형상을 남기면 파동 속에서 숨쉬는 하늘의 손가락. 그것의 부드러운 기억

바다 바위의 그늘에 핀 꽃처럼, 누구의 입에서도 아무렇게나 흘러나오는 입김처럼 살고 싶어서
잠깐 눈을 돌리면

어디에선가 흐린 날의 색채로 물들이는 수레바퀴 소리. 비닐우산의 창살에 비추이는 하늘. 하늘의 끝이 가려져 있다. 해의 끝이 가려져 있다

메리 크리스마스

거리에 많은 메리크리스마스가 있어요
마주 오는 메리크리스마스는 부딪치는 메리크리스마스에게
메리 크리스마스? 메리 크리스마스! 하고 아는 체를 해요

한 메리크리스마스는 트리 위의 별과자에게
인사를 하고
한 메리크리스마스는 거룩하신 어머니에게
인사를 하고
또 한 메리크리스마스는 그의 속 깊은 곳에서 잠자고 있는 눈곱만한 착한 마음을 갑자기 깨워
인사를 하고
또 한 메리크리스마스는 메리크리스마스끼리 모인 벽난로에서
인사를 해요

갑자가 웅성웅성 관에 실려나가는
평범한 희로애락
갑자기 메리 크리스마스는 움직이고
그리고 가벼워져요
가벼운 이슬을 거리에 뿌리면서
우리를 씻어주는데
무언지 모르게 솟아나는

메리 크리스마스 날의 한 가닥 피리소리

피리 소리는 피리 소리를 모으고
아이들의 노리개인 촛불은
축제의 촛불 이외의 빛으로
끝끝내 살아남을
한 그림자를 감싸며
거리에 둥둥 떠 있어요

길

모르겠다
길이 하나인지는
돌아갈 길이 아득한 외길인지는

오늘도
순환도로를 돌아
제 집을 찾는 까치의
집은 하늘 꼭대기에 홀로 있다
영영 내려 앉지 않을
소문 속의 까치의 집에서
가끔은
순환하는 꿈들이 부딪쳐서
유리컵도 깨어진다는데

축배의 유리컵이
깨어지지 않아야 하는 유리컵이
깨어진다는데
순환도로를 도는
유리컵이
포석정처럼
무너진다는데

길이 무너지는 순환도로
내가 무너지는 길

좋은 몸, 좋은 집, 좋은, 좋은,

한때 강파르게 물구나무를 서본 자—곧 좋게 될 것이다
한때 병약해본 자—곧 좋게 될 것이다
한때 얼어본 자—곧 좋게 될 것이다
한때 사랑했던 자 곧 헤어질 것이다
헤어졌던 자 곧 다시 보게 될 것이다

한때 이처럼 구했던 자
한때 다 얻을 것이다
이 한때가 지나면 또다른 한때를
맞이해야 하나니
우리들이 버리는 한때의
그들의 폭동도
우리는 버려야 하나니

버려서 좋은—몸
버려서 좋은—집
버려서 좋은—사랑
버려서 좋은, 좋은,

얻을 것이다

오늘의 날씨

TV에서는 오늘의 날씨가 날마다 흐리고 비오고 개이고
날마다 다르지만
그대와 나의 얄팍한 식탁 위의 오늘의 날씨는
언제나 안개 낀 서해바다에서 잡아올린
안개 낀 물고기의 눈처럼
조금 기뻤다가 많이 슬플 것임, 그것이다

피아노를 치다가 새 한 마리 쫓아간다

피아노를 치다가 잘못 짚은 나의 검은 건반이
검은 상처를 입고 사라지는 새 한 마리를 쫓아간다
멈출 수 없는 새의 하늘 악보는
오선지로는 다 못 담는다, 넘친다
너무 넘친다

상처가 넘치는 어느 독신이 노래를 부르다 다
못 부르는 검은 상처의 블루스

넉넉한 넉 잔

춥겠다고 걸쳐주는 검은 외투는
나의 것이 아니라도
나의 것이다

외투 속에서 행복한
조그마한 주머니
주머니가 아니라도 행복한
야외

야외에서 마시는 술은
석 잔이면 좋다
넉 잔째는 싫다
넉넉한 마음으로
넉넉한 세상을
홀로 넉넉하게
살다 가고 싶지는 않다

맨발로 춤추는 이사도라

소방서 앞에서 만나자. 꺼진 불 앞에서 만나도 불붙는 우리. 어두울수록 잘 보이는 빨—간 불의 춤. 소방서 옆 주유소에서는 기름도 넣자. 액정도 넣자. 그리고 잠시,

한 곡의 상처. 솟아오르던 발톱이 가라앉는 슬픈 춤을 끝내고 내려오는 소방서 앞에서 무심한 풀 한 포기, 포기의 풀 하나 머리에 달고 맨발로 춤추는 이사도라. 그녀가 내뿜는 서늘한 향기

소방서 앞에서 헤어지자. 헤어져도 된다

낮꿈

—대학원생의 낮꿈

거대한 삶의 한 조각을 베어먹은
우리의 이빨자국을 바라보면서
참으로 못생겼구나, 생각하곤 한다

그러나 세상에서 그냥 살 수 있는 칼을
좋아하지 않는
이 묵묵한 침묵의 열정

커튼이 내려지고 있는
서울의 지붕에
안테나처럼 늘어진 하루를 바라보면
그 하루를 겨냥하던
우리의 화살이
이제 지하실에 가 꽂히고
곧 물이 되어 무덤 밑을 흐르게 될 줄
알면서도 알면서도

이빨자국이 난 사과 한쪽에
석고물을 붓는
우리

어느 도시의 어느 박물관에도
보관될 수 없는 줄
알면서도 알면서도

그냥 꾸어지는 우리의 낮꿈

한국의 소나무

너무 높은 데 사셔서
아무것도 원하는 것이 없을 거라고
그렇게들 믿나봅니다

한국의 물이 없어도 사는
높은 집도 있고
한국의 물이 없으면 못 사는
높은 집도 있는데

높은 데 살아서 마음 편한 사람 옆에서
마음이 조금씩 불편한 사람이
조금씩 받아먹는
물을 먹고
물을 먹는 마음으로
나 오늘 이렇게 커가고 있다는
한국의 소나무
전설처럼 들리는
소나무 같은 한국

각별한 사랑법

아버님은 다리가 유난히 꽃꽃하시고
어머님은 늘 손목이 시리시지만
나에게 주시는
편지 속에는

태양의 가루로는 집을 만들지 못한단다. 법 하나
코스모스 속에 네가 있고 거미줄 속에 네가 있고. 법 둘
썰물 때에는 썰물에 맞추어 숨을 쉬어야 하는. 법 셋

—한숨 두 개와 심호흡 한 개

하늘은 텅 비어 있어도
빛을 감추기도 하고
빛을 풀기도 하는 법

아아, 부모님
영원한 아다지오
그리운 아다지오
오늘도
딸꾹질하는 나의 답장

찾는 이름

나는 자연이 아니어요
나는 강이고 풀이고 나무 가시이고 들이고 어둠이고
어둠들이 아니라 어둠이고 들이어요

둥글게 돌아가는 강강수월래가 어우러지는 판에서
잃어버린 나의 이름을
하품처럼
연기 자욱이 스치는
도시 속에서 주웠다가 놓쳤어요

막다른 골목으로 남겨질
꿈길 속에서
그대에게로 가는 길이
마치 그림 같아
또다시
나는 이름을 놓쳤어요

아침식사

허공에 던져진 부엌에서 우유를 먹고 금방 흩어진 햇살 부스러기를 또다시 우유에 적셔도 먹고 울퉁불퉁한 생애를 소보로빵 하나로 먹고 주스도 먹고 커피만 안 먹고—물만 끓이고는—다른 것은 다 먹고 먹고 한꺼번에 다 먹고 잘 먹고

없는 후손을 위하여 잘 살아내기

배고픈 어제도 먹고 배고플 내일도 먹고 오늘날 헛헛한 배부름에 앉아 나누어지지도 않는 역사적 매듭을 굳이 묶으면서 공연히 저 혼자 철저하게 처절하고, 누구인가 보고 있어도 철저하게

들판 같은 식탁

5부 겨울 손뼉

겨울 손뼉

부리가 긴 새들이
창 앞에 모이면
잠에서 깨어 모이를 주어야지
몇 자가 더 자란 나무 위에
깃을 펴고
처음부터 나는 기다린다

서너 가닥 비끌어놓은 말뚝이 꽂힌
이 겨울을 한껏 받으며
나는
오늘도 까닭없이 눈이 내려
따뜻한 그대 발밑에서
새들의 문안(問安)이
꽁꽁 얼지 않기를
꿈꾼다

어쩌다가 마른 하늘 틈으로
등벌레의 야광의 화살이
꽂히면
나는 손뼉을 친다
언 땅이 잠깐 동안 흔들리다가
가장 깊은 곳
부드러운 흙 안에서
야광충의 알을 품는

너를
안타까이 바라보며
나는 줍는다
철 없이 날개를 부비며
뼛가루를 뿌리는 너의 등뒤에서
처음으로 잠시 반짝이는 하늘의 말

너는 아나?

우리의 눈길 밖에서 입과 귀를 여는 바람을
젊은 나비들이
처음 입술 움직여 무엇을 하는가를

바다 기슭에는
물거품의 후광을 털어내며
새들이 돌아온다

이제까지의 술래놀이에서 지친
서로의 얼굴에서 만져지는
죽은 잎사귀의 동맥을 보아라
안개와 연기 틈으로 날아가며
이 도시의 외곽에 쌓여지는 마른 바람을 보아라
얼룩진 물소리, 알지 못하는 물맛을 보아라

창을 활짝 열
내 안경에 비추이는
오늘의 일출과 일몰의 의미를
나는 모르고 싶다
잠 속에서 깊이 가라앉는 그
꿈속에서는 여전히
가까이 나르지 않는
새들의 뼈가
하늘의 문을 지키고 있다

고전적(古典的) 힘

심봉사와 그 어린 딸이 물에 빠졌어도
끝까지 빠졌어도
죽지 않고
서러운 이야기처럼 죽어서도 없어지지 않고
번화한 거리를 눈 감고 가는 저녁
흘러가는 석양을 보고 싶으면 떠야 하는 눈이
저절로 닫히는 서구식 카메라에 서러운 깃발을 꽂고
어린 딸 손목을 잡고 사라지는 빛나는 각막염

각막 속에 들어가
각막의 문을 열면 쏟아질 것 같은 눈뜬 의지는
그러나 나의 것은 아니다
눈을 감고 가라. 그대 원하면
그대 원하면
서러운 이야기 같은 오늘 저녁
그대 원하지 않아도
그렇게 있어만 주면 나는 살고 싶다

놀라운 세계

담장이 높은 마을. 우리 오대(五代) 조부님의 헌 두루마기 속에서 피어나는 이끼는, 그 어느 바람 소리에도 놀라지 않고 바람이 흘리고 간 넝쿨더미와도 어울리며

마을 어귀를 산책하다가

원을 그리던 매가 너무나도 자유로운 음률이 되어 한 올 한올 빗튕기는 나와 그대의 비파 소리를 듣고 원 밖으로 튕겨나자

그 얼굴 덮도록 놀라워하네

하늘 밑 풍경

당신 발밑으로 뻗쳐진 층계를 타고 어제도 지상으로 비가 내렸다
찬바람이 동쪽에서부터 오면
해가 바람 등뒤를 쫓아오고
바람과 함께 해를 맞이하는 우리는 비를 맞는다

비에 스미는 사람과 비를 굴리는 사람들이 훨훨 떠다니며 강물에 비치고 있다. 강에서 새로운 생명들이 태어나는 것을 당신 혼자서만 듣고 있다. 강이 불어난다

지금쯤일까? 어둠을 모는 촌(村) 아저씨 바지춤에 모여드는 빛과 물기. 어제는 운명의 가락 위에 고리 고리 이어져 낡은 무게의 삶이더니 아저씨, 아저씨, 밭도랑에 쏟아지는 그 새벽빛과 물기의 유래를 아시는지요?

타인 이야기 1

가장 어려운 이웃을 불러라
약속은
기다리며 나오는 유일한 목소리
언덕에 서도
하늘이 보이지 않거든
어둠을 그려라
어둠의 볕을 만지며
약속하라
그늘 아래서
불타는 뿌리는
가장 아픈 바람을 맞는다

타인 이야기 2

이제 묻어버려요. 버리기 아까운 한줌 타인의 흙은 묻어요. 각자의 호흡 속에 얼마나 생생히 타인이 살아 있어요! 그러니

이제 묻어요. 그대 이마 너머로 창백한 나비의 하늘이 한켜 한켜 훌훌 벗겨지는 소리가 들리지 않아요?

사랑이 서는 자리

민들레씨가 날아가고 있는 그때에
나비가 막 날개짓 하는 그때에
손안에서 바람이 빠져나가는 그때에
굳이 살아남을 죽음을 만들고 있지 않는 그때에

열매가 영글어지지 않는 그곳에
행복한 꿈이 뒤척거리는 그곳에
결코 부드러운 그물까지도 엮어지지 않는 그곳에

산이 산울림을 안고 있는 그 행위에
해가 해바라기를 하고 있는 그 행위에
고양이털이 전기처럼 일어서는 그 행위에
선물로서 언제나 받을 수 있는 그 기다리는 행위에

사랑은
연꽃 뿌리처럼
소리처럼

숨어 있는 힘

할아버지 할아버지

제 말 좀 들어보세요

바람벽 없이 같이 휘도는 순간에 사람은 제자리를 얻는다는 할아버지 말씀이 어쩌면 그리도 무섭던지요. 어제 만난 새 한 마리를 오늘 또다시 만난다 해도 익숙한 웃음을 짓지 말라시던 그 말씀이 어쩌면 그리도 서글펐던지요. 살아나는 시체의 호흡 따위, 한 사람의 목숨과 한꺼번에 사라진 이백 명의 목숨이 다르게 느껴지는 따위 그런 발상일랑 버리라시던 할아버지 말씀이 어쩌면 그리도 놀랍던지요

할아버지 할아버지

온갖 재료를 두 손 안에 넣고 두 손으로 꼭 짜내는 즙 같은 것은 인생이 아니니라 하시던 그 말씀은 모자이크 되는 기쁨으로 생의 화폭을 열어두라는 뜻이신가요. 압타함. 이삭. 야곱. 유다. 아비훗. 엘리아김. 요셉. 예수는 모른다 해도 그런 족보를 가지고는 알 수 없는 싱싱한 온기를 건네준다는 뜻이신가요. 사람들이 쏘아올린 기도들 틈에서 꼼짝도 못하시는 하나님이 아니시듯 우리가 잘 알고 있는 이 세상이 실은 우리가 잘 모르는 힘이 있는 세계라는 뜻이신가요?

할아버지 할아버지

지금도 할아버지 도포 속으로 한 가닥 바람이 흘러드네요

두 이야기

최근 몇 해 동안 19세기식의 이성이 문을 닫고 최근 몇 해 동안 성에 낀 창의 안과 밖을 닦으시던 할아버지 말씀은 애초 두 줄기의 물이 있었더니라. 그 말씀이신지요?

똑똑한 물 하나는 육백 년 동안 무엇을 했는가요. 할아버지? 지혜로운 물 하나는 육백 년 동안 무엇을 했는가요.

바깥은 무서웠다지요. 맹수와 번개는 움막 속으로 사람들을 모이게 하고 사람들은 창(槍)을 만들기 전에 무서움을 버리려고 기도를 하였다지요. 그리고는 조금씩 재미있게 재미있게 신(神)씨댁 가문을 만들고 신화를 만들고 한참 후에 똑똑한 물 하나는 하늘에게 소리를 쳤다지요. 보세요. 무섭지 않아요. 이젠 번개를 알았어요. 나는 번개를 잡아먹을 수도 있어요!

할아버지. 그동안 그 육백 년 동안 지혜로운 물 하나는 무엇을 했는가요

무서움은 같은 무서움인데 창을 만들지 않고 신화를 만들지 않고 신의 족보를 만들지 않고 그 대신 밀어닥치는 폭풍 안에서 부딪히며 피 흘리며 눈물 흘리며 사랑이 폭풍 안에, 역사가 폭풍 안에, 생활이 폭풍 안에 있으니, 그 폭풍의 눈이 가장 따뜻한 둥지가 되니 품어달라고 품

어달라고 육백 년 동안 빌었다는 그 말씀이 정말이신지요?

이 두 이야기는 어쩌면 이리 다른지요?
그들이 처음 만나서 서로를 어떻게 알아보았을는지요?
그들이 처음 만나서 무슨 말을 감히 했을는지요?
헬레니즘 강 입구에서

히브리인의 마을 앞에서

「신의 양식은 물속에 있고
약초도 물속에 있다」

썰물 때 만난 우윳빛 물고기. 어떠한 별에도 인연이 없었나? 돌아서 긴 바다로 흡수되는 혈육

활화산 꼭대기에서는 폭풍, 화살로 하늘을 쪼개는 불의 폭풍, 나는 두 개의 촉각과 두 개의 신경을 가진 달팽이었지. 어둠 두 끝을 기웃거리는. 몇 번이나 물구나무를 서는. 그러나 너는 꽃잎 뒷면에서 아름답던 이슬, 결정(結晶). 떨어지면서 참 곱구나 참 곱구나

냇물 곁에서 사는 식물이 물의 말을 전하고 있다지만 너는 훨훨 나르며 꽃수술을 찾아 직접 입맞추는 바람 속의 보행자

잡아당길수록 뚝뚝 생피 흘리는 세상의 입구에서 나는 너와 인사를 하고 손바닥에 피 맺히면 더욱 즐거워하고 싶다

너를 담는 이야기와 너를 마주하는 이야기 사이에서 최초의 따사로운 확신은 히브리인의 마을 저켠 어디론가 넘어지는 접목(接木)의 생생한 웃음소리를 듣고난 뒤, 바다 그늘이 마구 떨고난 뒤

나는 반쪽의 배를 타고 더이상 물살을 둘로 가르지 않으리. 가만히 살펴보면 나는 아주 조그만 우연

서투르게 엎디어 할아버지 관절 너머 지하의 하늘을 본다. 솟아나는 물. 몇 방울의 물. 끝내 얼어붙지 않는 냇물의 젖. 온 땅을 터치며 싹트게 하며 땅을 커가게 하는 그 힘이 부러운 히브리인의 마을 속. 손 위에 잡히는 한 웅큼씩의 태양가루

오랫동안 살아남을 죽음을 만들지 않고 썩기 쉬운 물, 흐르는 물이 빛나는 너와 나. 부끄럽게 스며들며 결코 영웅을 꿈꾸지 않는다. 히브리인의 마을 땅은 튀어오르지도 않으면서 하늘은 가라앉지도 않으면서 위인 이야기 바깥을 지키고 있다

신의 양식은 물속에 자라고
약초도 물속에 자란다

출생기록 1

자궁 밖으로 뚝 떨어져
개개의 뼈가 되어
출렁거린다.
사지의 활력과
속살의 존재
그래,
활력과 존재를 축하한다
각자의 유전을 축하한다
버려진 체온을 축하한다
이것은
소유하면서
전혀 소유하지 못하는
이 땅에서의 깍듯한 자유

세계는 둥글고
천상에는 무지개가 활짝 피었다
그곳을 다녀오는
목마른 새들이
부리 끝으로 소제하는
이 세상 위에
회로의 실핏줄이 톡톡 터지면서
그냥 던져진
어느 출생이 몸 시리지 않으리
그러나

태반은 헐려지는 벽이니
따라나서는 것
큰 빛이 서면 덩달아 서는 것
저녁노을 받아
죽어서 유난히 반짝이는 마른 비늘
그 곁에서
목숨, 목숨의 피
피의 목숨 다 버리며 아끼며

지금은 인사하는 중
살아가는 중

출생기록 2

우리 사랑하자고 약속하던
일은
그 외로움 반을
나누고자
처음으로 가졌던 용기 아니었나요?

보고 들음 없이도 정이 드는
언제고 품어주는
미(美)가 아니며 결정(結晶)인
꼭 하나
우리의 자유를

나누고자

그렇게 그 누구들의 역사
그 밖에 서 있던 것 아니었나요?

이 소식 들으시는대로
곧 답장 주세요

하늘 속으로 눈물을 반짝이며
별들이 숨어버리는
지금은 무풍지대
동해의 일출이듯

일몰이듯
그렇게
슬며시
지금은 무풍지대
그 안에서
우리의 유쾌한 대중음악은
남겨진 낭만
마지막 낭만

이 소식 들으시는대로
곧 답장 주세요

출생기록 3

그때 그때마다
서쪽 창가는
이미 여러 개의 해를 떨어뜨렸다
그때 그때마다
무서운 어둠이지
그 속에 있으면서
눈 깜박할 사이 어디에 끌려왔는가?

한동안
폴짝거리며
어둠 속
빛의 입자처럼 살다가
빛의 입자 곁에 살다가
빛의 입자 뒤에 살다가
가만히 잠이 드는 우리의 깊은 꿈
그 속에 있으면서

우리의 땅거미 틈으로
히브리 마을 사람들이
무서운 습기를 지나
오월의 허리를 넘어
잠자는 바다 물결을 크게 차며
수평과 수직의 사이를
꿰뚫고

찾아오는 것을 보면서
새 가슴처럼 부푸는 지금

동쪽에서 일어서는 해를
항상 서켠에서 수 세는
그 세계 밖에
살면서
거기에서
선물처럼 웃는 얼굴을 기다리며
서 있는 사람들
그들을 따라
네모난 질서 밖에 서면

거듭 거듭
삶은 눌러지지 않는 탄생

거인의 손

큰길을 걸어온 거인의 손은 울퉁불퉁하지
그 손을 결코 사랑하지도 않으면서
나는 거인을 부러워해
거인은 태풍의 손에도 흔들리지 않아
거인은 우울한 기후에 젖은 별들이
소리내며 반기는 것을 좋아해
거인은 하기만 한다면
아침에서 아침으로만 옮겨다닐 수도 있어
거인이 가진 비밀을
나는 사랑해

거인은 말하기도 해
사각의 집에서 태어난 거인은
튼튼한 울타리를
이미 사라진 신화 이야기 속에
세우고 있다지
거인이 고귀한 죽음을 만날 때까지
그때까지
특별히 인자한 해가
거인을 지켜주고 있다며

거인은
구름 사이나 저녁노을 속에서
잠시 휴식할 뿐

태양에 의해 거두어지고
태양에 의해 던져진다지

그럴 거야, 거인님
거인님이 말하는 것은
다 무서워져
그러면서
거인님은 내 집 문패도 못 읽고
그저 지나치지

문학동네포에지 063
히브리인의 마을 앞에서
© 이사라 2023

초판 인쇄 2022년 1월 25일
초판 발행 2023년 2월 6일

지은이—이사라
책임편집—김민정
편집—유성원 김동휘 권현승 유정서
표지 디자인—이기준 김유진
본문 디자인—이주영
마케팅—정민호 이숙재 김도윤 한민아 이민경 정유선 김수인
브랜딩—함유지 함근아 김희숙 고보미 박민재 박진희 정승민
제작—강신은 김동욱 임현식
제작처—영신사

펴낸곳—(주)문학동네
펴낸이—김소영
출판등록—1993년 10월 22일 제2003-000045호
주소—10881 경기도 파주시 회동길 210
전자우편—editor@munhak.com
대표전화—031-955-8888 / 팩스—031-955-8855
문의전화—031-955-2696(마케팅), 031-955-8865(편집)
문학동네카페—http://cafe.naver.com/mhdn
인스타그램—@munhakdongne / 트위터—@munhakdongne
북클럽문학동네—http://bookclubmunhak.com

ISBN 978-89-546-9013-3 03810

www.munhak.com

문학동네